KB053382

현대시세계 시인선 083

칠 년의 기다림과 일곱 날의 생

최돈선
시집

칠 년의 기다림과 일곱 날의 생

최돈선
시집

bookin

2017

시집 재출간에 부쳐

　문예지에 당선하고 14년 만에 낸 첫 시집『칠 년의 기다림과 일곱 날의 생』. 1984년『칠 년의 기다림과 일곱 날의 생』을 펴냈을 때 내 나이 삼십대 후반이었다. 그리고 또 세월이 흘러 33년 만에 이 시집을 재출간하게 되었다. 첫 시집을 낼 때 조현석은 영학출판사 직원으로 이 시집을 만들었고, 시집이 출간되고나서 곧 군대를 갔다. 그 후 조현석은 시인이 되었고, 나중엔 도서출판 북인 대표가 되었다.

　조현석 시인이 다시금 내 첫 시집을 재출간한다고 한다. 하지만 두렵다. 시대가 많이 변했고 독자도 새롭게 변했다. 하지만 이 시집이 나왔을 때 독자들의 반응을 기억한다. 당시 이 시집에 수록된 시를 통째로 암송하는 독자도 만났고, 최근에도 시집에 수록되었던 시를 줄줄 암송하는 중년의 독자도 만났다.

　부끄럽지만 나는 그런 이들과 함께 이 기쁨을 함께 나누고자 한다. 조현석 시인께 고마운 인사를 드린다.

2017년 12월
최돈선

　시詩가 되지 않는 것은 살아온 날이 너무 그립기 때
문인가? 이제는 부끄러움도 잊을 수 있는 뻔뻔스러움
으로 14년의 졸편을 두서없이 엮었다.

|차|례|

1부

그날

징으로 울던 날
몸 씻던 여인이 푸른
그림자 한 올로
서던 날

귀 하나 젖어
여우 울던 날
때로는 한번쯤 소리 없이
강물이 지워지던 날
그날

친구여

이제야 잠든 풀잎으로 그리워한다 친구여
모래 속에 묻어둔 잊혀진 이름들은
젖은 밤 강바람에 불려 반딧불 반딧불로 떠오르나니
사금파리 박힌 하늘의 숨은 별이 되나니
친구여
어디메 들메꽃으로 자욱히 피어나 빛나는 건지
마음 속 뻐꾸기 울음 하나 놓아두고 가리라
가리라 친구여
바람 한 갈피에 감추운 노래는 버리고
인생은 마침내 독한 풀잎에 돋는 한 방울 이슬인 것을
그리운 날 비가 오고
어깨가 쓸쓸한 사람끼리 눈 맞춰
한 줌 메아리로 부서지리라

엽서

누가 나를 사랑하나.

한 편의 영화처럼 강이 떠나고
포플라가 자라고
바람과 함께 흐린 날이 왔다.

나는 부끄러워
조그만 목소리로 미어지듯
음악을 욕했다.
비록 조용한 배반이었으나
사랑하는 진정한 그들은 죽었음을
이제야 알았다.

램프와 그리운 바람이
인생을 덮고
죽은 친구의 묵은 엽서에 긋는
자욱한 빗줄기

아직은 한 줄의 시를 사랑하고
노래처럼 불이 꺼지고
바람과 함께 흐린 날이 왔다.

칼을 갈며

하루는 내 목숨 같은 칼을 갈며 섬칫 엄지손가락을 베었지요.

서른네 해의 살틈으로 몇 방울 맑은 피가 송글송글 맺혀

그게 꼭 살프시 돋아난 다홍 다홍 백일홍만 같았지요.

가을날 잠자리 붉어 어지럽던 그런 백일홍만 같았지요.

매 맞고 돌아온 날 서러운 피 같은 몸살 같은 그런 거였지요.

종鐘

내 나라 종소리는
유두 날 머리 풀어 감던 그런 물결로
푸른 산 속 깊이 울려오기야 하지.

저녁 해거름
종일을 석등사 섬돌에 쪼그려 앉아
소북이 고이는 햇살을
손바닥에 받으며
내 나라 종소리를 눈 감고 들어보기도 하지.

사랑하는 이여
마음 밭 물비늘로 번지는 메아리는
어느 외롭고 따순 언덕 위
패랭이꽃으로나 잠들라 하고
강 기슭 물 그림자로나 흔들어라 하고

한 가슴 피로서 흐르는 내 나라 종소리는
아직은 느을
그리운 이의 귀에 남아 있기야 하지.

강남江南으로 가서

　강남江南으로 가서 나그네야 사람마다 그리운 피를 부르고 물총새 깃 속에 하늘거리는 수많은 목청을 푸른 악보에 수繡 놓아 아름답게, 그 비린내의 강물에 띄울 수 있느냐. 띄워서 피 터진 목소리로 어느 기슭 물오른 이파리의 나무가 되느냐.

　달이 뜨면 모든 있는 것들이 간다 나그네야. 그림자를 지우고 빈 나뭇가지 얽힌 사이로 얼굴 없는 모든 것들이 떠나서 사무치는 파도 소리에 미쳐 너희들 심장을 태우고 한 줌 연기로 천공天호의 넋 잃은 눈 먼 새처럼 나그네야 소리 없이 간다.

　진실로 너희에게 이르노니, 일러서 조용한 바람으로 이 찬 대지大地에 몸 눕히고 듣노니, 한번쯤 손가락 마디 마디 꺾이는 외로운 단절을 네 마른 살속에 깊숙이 감추라고, 이파리 이파리마다 잊혀진 이름을 적으며 어찌하여 뜨겁게 입맞추는 나무가 되는가를 이르노니.

　강남江南으로 가서 나그네야. 더러는 목메이게 물

살도 혜적이며 그리운 이들 또 다른 만남이 되어 기인 강물로 떠가고 아름답게 햇살 녹아 흐르는 강둑 언덕바지, 누구라 물총새 맑은 울음을 뽑아내어 웃고 있느냐. 나그네야 네 어찌 강남江南으로 가는 거냐. 가서 그 강물의 비린내가 되는 거냐.

미루나무 강변

미루나무 강변엔
아직도 흘러간 사랑이.

못 잊을 창가에 내가 서면
하늘엔
하얀 치마를 두른
여인의 부끄러움이.

아 바람 부는 날
떠나는 배
명주 손수건 흔드는
미루나무 강변엔

밤새 밀리어 온
밀물의
하이얀 꿈이.

겨울 햇볕을 쬐며

마루에 나가 겨울 햇볕을 한참이나 쪼그려 앉아 쬐다가
담배를 피웁니다.
거울 속처럼 맑은 하늘을 치어다 보지요.
괜히 눈이 부시어 눈물이 고입니다.
갑자기 까마귀 울음이 듣고파요.
햇빛은 마당 가득 고이는데
아직도 담장 그늘진 곳에선 눈이 내립니다.
눈물처럼 한 다발 추억이 되어 내립니다.

허수애비

가을날 빈 들녘에 나가
십일월 바람만 맞고 있는 허수애비 보고 돌아온 날
에는
괜스레 하늘 미워 돌팔매질 하고
돌아온 날에는
하늘이 자꾸 자꾸 금이 가서 깨어졌습니다.
그 속엔 내 모습 찢긴 허수애비로 남아
역시 십일월 매운 바람에 나부꼈습니다.

여름 뜨락

여름날 뜨락에서 봉숭아 꽃잎을 이기지요
샛파란 하늘이 섬찟하게 있습니다
빠알간 봉숭아 꽃물이 꼭 죽은 누이의 앞섶에 묻은
피같이
진하게 진하게 배어 나왔습니다
내 가슴 칠월 햇볕에 잘잘이 끓어
누이의 이마에 가만히 입맞추던 날
오오 저 보아 들리지요 가득히 몰려오는 여름 소낙비
견디지 못해 손톱 하나 슬며시 버리지요
그렇게 홀로 구름과 하늘
더러운 문둥이꽃을 생각합니다
외롭게 생각합니다
창이 조그맣게 기울고 마냥 하늘이 푸르른 날의
여름 뜨락

달

큰 바다에 저 혼자
달이 와서 눕는다.
수많은 해가 뜨고 달이 진다.

두려운 꽃 속에 당나귀는
피를 흘리는데
나는 아직 잠들지 않는다.
말없는 이 한밤이 기운다.

기러기 떠나가고
바람도 등불도 피도
밀물 치는 바다에
피곤한 달이 와서 눕는다.
사랑에 운 내가
와서 눕는다.

울림

사랑하는 사람들은 억새풀을 꺾으며 온다
잊지 못할 물비늘로 여울져 온다
사랑하는 사람들은 비가 되어 온다
조그만 물방울의 소리로 온다
언젠가는 알게 될 것이다
언젠가는 알게 될 것이다
호롱불 밝힌 그리움을 알게 될 것이다
진정 사랑하는 사람들이 손짓하는 메아리
진정 비인 가슴에 남는 젖어 있는 목소리

청평사淸平寺 길

청평사 기는
길
하얀
자갈길

바람 불어
구름 떠가는
언덕

구름 잡으러
길 떠난

파아란

동승童僧의
길

철쭉꽃

내촌강乃村江 철쭉 무더기 무더기 속엔
환장한 애비들만 모여 삽니다.
딸년 넘보던 홀아비 애비 녀석들
예쁜 딸년 목매 죽이고
철쭉꽃 된 딸년들 방울 방울 피 붉어
열아홉짜리 피만 붉어
그 피 빨아먹는 환장한 애비들 어울려 삽니다.
오월 바람 불고 간 자리
애비들 뻐꾹새 되어 날아가고
어느새 시든 철쭉꽃 툭 툭 떨어져
더럽게 내촌강乃村江 물에 씻겨 흘러갑니다.

호드기

내촌강乃村江 호드기는
문둥이만 불어.
피가 붉어 세상 싫어
내촌강乃村江 호드기 속엔
칼 맞은 무당년만 살어.

봉두난발 징소리가 흘러.
익은 젖가슴
미친 징소리만 설게 울어.
외롭걸랑
호오이 호오이 떠나버리지.

내촌강乃村江 호드기 불고
한 줌쯤
세상살이 훔쳐보는 재미

내촌강乃村江 호드기 속엔
사십 일 울고 간
성근 가랑비만
진종일 내려.

남도南道

그 미릿내의 보리밭엔
오랜 친구와 술을 마시지.
보리 베는 아낙네와 수작도 붙이며
외롭지 않기 위해 술을 마시지.

아낙네의 구성진 육자배기에 실려
햇빛 맑은 날
마음 속 가늘게 흐르는 그리움 남아
더러는
하얀 구름도 쳐다보는 거지.

친구야
도라지꽃 한 묶음 진한 내음을
빌어먹을,
술 한 잔에 오래 잡은 채

흐흐, 그래도 사는 거지

사랑할 수만 있다면
피리 불며 사는 거지.

봄
— 억수네 집 너머에

억수네 떨어진 창호지 문을 밀고요
살며시 밀고요
맑게 숨쉬고 나가봐요

샛노란 민들레밭 그 너머에
얼킨 실꾸리처럼 그득히
햇살이 고여 있고요
그곳엔 피 터진 문둥이만 살아요

햇살 가늘게
물레 저어 풀며
웃고 살아요

실눈 뜨고
웃고 살아요

노래를 위한 시

어느 날 떠난 배가 그리워 강으로 가지
어느 날 물새알이 그리워 강으로 가지
강으로 가는 그 길 휘파람새를 보았니
바람에 실려온 바람풀 바람풀을 보았니

어느 날 낮달이 그리워 강으로 가지
어느 날 할미꽃 그리워 강으로 가지
강으로 가는 그 길 뻐꾹새를 보았니
구름에 실려온 제비꽃 제비꽃을 보았니

보았니 보았니
아직은 그리움 있어 보이는 그 길
흔들려 흔들려 오는 외로운 그 길

고인돌

피어난 꽃잎은 떨어져
화석이 된다지.
향긋한 해골에 누워
너는
천 년을 비 맞은 돌이라지.
심장엔 흐르는
피의 여울 소리가 들려오고
너는 끝내 미쳤다지.
그래 그래
너는 고인돌이라지.
오랜 무덤이라지.
자꾸 세월이 가면 잊혀져 갈
두고 온 슬픈 역사라지.

2부

샘밭

샘밭에 비 내린다
배추잎이 젖는다
어디든 가고 싶구나

하얀 비늘의 강

어쩜
나
부러진 날개

푸륵 푸륵
떨어지는
해의
비늘을 맞으면서

아 그때인가
배고파

푸른 강물에
배 떠난
날

가을산

　하루는 왠지 물 밑바닥에 어른거리던 물잠자리 그
림자 사무쳐라
　가을산 마주하고 기침같이 하늘이 아름다운 누이야
　꽃 피우듯 꽃 피우듯 뜨겁게 이마를 짚는 외짝 손거
울 사무쳐라
　거꾸로 우는 사랑 거꾸로 우는 금빛 강
　메아리 메아리 목메이도록 깊은 산 그리움 사무쳐라

가을 꿈

한 주먹 그리운 그 밤 귀뚜라미 소리에 가슴 헤쳐내던 섬돌 위, 나는 무언가 자꾸만 그립다. 하늘 미워 눈 흘기던 종년도 그리우리라. 검은 돌에 살 부비던 문둥이의 묻어난 살점도 그리우리라. 면도날로 세월을 밀고 섬뜩한 가을의 피가 살아만 있다면.

가을 햇볕 부끄러워 잠자리의 투명한 날개를 찢었을 때, 파르르 떨면서 그래도 잠자리는 어느 하늘 끝 날고 있을까. 엄숙한 그 길은 멀고 내가 걸었던 그 길은 밟혀 죽은 잠자리로 가득하다. 까닭도 없이 그들은 죽는다. 나는 지금 어디로 가고 있는가.

꿈이어 네 천추千秋의 한이 되어 꽃숨만 포갠다 한들 결코 너의 발소리를 죽일 순 없어. 머언 들에서 누가 낫을 갈고 있다. 살며시 엷은 옷자락을 들추고 너의 희디흰 속살을 본다. 살 속으로 보랏빛 괴로움이 흐른다. 진실로 욕망은 가슴을 사로잡고 금빛 가을강으로 흘러가는가.

어디멘가 어디멘가에 미쳐버린 종년이 간 길이 있

을 것이다. 가을비와 더불어 엎드려 입맞추며 울고 있
는 꽃잎이야 있을 것이다. 무언가 그 길은 흐려 있고
가을산 비에 젖어 번지면서 녹아 흐르는 꿈이야 있을
것이다. 오 아름답다. 까닭도 없이 외로운 가을 꿈이
어 참 아름답다.

로트레아몽

그의 이름은 죽었다. 누구도 그의 이름을 기억하지 못했다. 산문散文처럼 흐리게 악마가 오고 인생이 서정적으로 되었다. 누가 그를 노래했는가. 그는 백작 로트레아몽 시인이었다.

어젯밤 나는 고향이 불타고 있음을 보았다. 사랑은 꿈이고 싶은 것이다. 사나흘 엄마는 젖어서 울고 젖어서 울며 풀잎을 씹으셨다. 아버지가 아파했던 것은 육신의 아픔이 아니라 저 하늘 구름 한 자락 보고 싶은 때문이다. 아버지는 마른 풀 덮인 곳에 누워 잠들고 나도 남포를 끄고 잠이 들었다.

그리하여 별과 운명을 떠나는 진정한 고통을 새벽 이슬 방울로 남길 수 있는지. 그것이 소리없이 맑은 피로 흘러 그대 로트레아몽의 사랑이 되는지. 별을 뜯으며 아파했던 그대 산문散文이어. 어젯밤 나는 고향이 불타고 있음을 보았다. 그대 로트레아몽은 죽었으나.

시인
― 시인 억수에게

이 세상 시인이 많긴 많다기에
문딩아 니도 시인해라 했더니
억수 말이, 하루종일 생선이나 실컷 구워 먹었으면
시인 아니라 해도 괜찮다더라
물러빠진 손톱이나 구워 먹지 않으면 그게 괜찮지
않냐고
없어진 눈썹 씻으며 물살만 괜스레 헹구고 있더라
이제는 하나같이 목이 메어 물살만 헹구고 싶다더라

강릉 겨울바다

그 바다는 마구 칠한 해바라기
그 바다는 푸른 병정
그 바다는 혀를 물고 죽은 소녀
아아 누가 그 바다를 미쳐가며 노래하였던가
돌아오는 길은 햇빛만 가득해
골목 어귀 빈 바람만 부는데
비스듬히 그늘진 벽 위에 나부끼는
젖어 있는 여자여
젖어 있는 여자의 머릿결이어

밤의 가지엔

밤의 가지엔
무수한 내 낙일落日이 와 걸린다.
하얀 추억의 집이 내리는
밤의 가지엔
정말 알 수 없는 내 전경全景이 와 걸린다.
신의 혈액을 채혈하는
보이지 않는 밤
어깨에는 향방 없는 낡은 푯말이
떨어지고
저 먼 들녘 끝 밤의 가지엔
희게 반짝이는
눈 먼 내 눈알이 와 걸린다.

가을밤

창살에 묻어난
달의
하얀 살점을

소스라치며 물어뜯는
귀뚜라미의 아픈
피 흘림

춘천호 春川湖

저녁 무렵 바람 한 점 불려가드라
그리웁드라 감빛의 불들이 켜지드라
사랑하는 사람들 물안개로 무늬져 와서
하얗게 슬픔처럼 젖드라 젖어서 울드라
옷을 벗고 웅얼거리고 거울처럼 잠들드라

섬

어제는 몰랐던 하나의 섬이
오늘 갑자기 떠올라서
그리운 이들의 꿈이 되었네

사나흘 빈 배
사랑하는 님 어디로 불려가서
또 다른 섬이 되는지
오늘도 보일 듯하네

아아 고래 우는 어느 섬

전설
— 억수네 아들

파랗게 갠 하늘 맨드라미가 있구요.
빨간 벼슬하고 하늘 향해 피 토하는 먼 옛날 새가
있긴 있다구요.
아이 녀석 하나 외톨박이로 남아
나도 차라리 아버지 같은 문딩이나 되어서
이듬해 뿜바 뿜바 각설이 타령이나 구성지게 뽑아서
댕기 달고 피리 부는 세월
한번쯤 만나봤으면……
그곳 억수네 마당가 파랗게 갠 하늘 맨드라미가 있
구요.
문딩이가 되지 못해 미치겠는 아이 녀석 하나
남아 있긴 있어요.

햇비

오랫적 할머님
햇비 오는 날엔
호랑이 시집 장가 가는 날이라고
무지개 걸린 하늘 치어다보며
참빗으로
젖은 머리칼 곱게
빗으셨다는데.
훨훨 세월만 꿈길처럼
빗으셨다는데.

지금 예쁜 손녀 딸
그 무지개 따라
노루목에 드리운 햇발 한 줌을
할머님 세어버린 머리칼 같다면서

어디쯤 작약꽃 내음
청평사 주춧돌 마음 같은
그런 맑은 여울소리 듣게 하는.

할머님 무덤가에

호랑이 시집 장가 가는 날은
언제든
늘 햇비만 가득 가득 내렸으면.

따뜻이 고여 넘쳐 흘러
지금 예쁜 손녀 딸
고요히 한 세월
자줏빛 엷은 바람으로나
떠다니게 했으면.

문둥이의 봄
— 한하운에 부쳐

문둥아
봄에는 그리워
맑은 햇살로 가슴을 쓸고
미친 년 속살만 꿈꾸는 걸.

새파랗게 흘겨버린 하늘 끝
멀리
치자빛 바람만 고이는데
거기 한 사람
남 몰래 울고 있는 자갈밭

돌아가렴
피와 살로 더러워진 자갈더미
가래침 뱉어 빛나는 틈새로
문드러진 손가락만 자라는걸.

무얼까
저 빠르게 흔들리는 무심한 마음길
자꾸 뒤가 켕겨 돌아보는
내가 걸어온 없는 길

문둥아
봄에는 그리워
버들개지 휘어 꺾어 삘릴리이
강물을 흐르게 하고
엎드려 죄 없이 눈물만 번지는 걸.

머슴

꽃다지 꺾으며 갈래
어머니 신들린 머언 산허리
하늘 베고 푸르게 푸르게 누울래

코피가 나나봐
비가 오나봐
이젠 매 맞아 멍든 미움도 버릴래

호미 씻고 잠드는 날
잠이 안 와 잠이 안 와

구름 한 자락 살며시 끌어 안고
차갑게 뺨 부비며
멀리 누울래

내촌강乃村江

얼음 풀린 봄강의 뽀오얀 안개
푸르게 몸 씻는 민들레 처녀들은
구름 되어 떠나고

진달래 붉은 들머리
나그네 선소리꾼만 서러운데
강 건너
빗소리 아득하니

뉘라서 들어보랴
물 먹은 호드기 소리

웃음

깔깔깔 비어 있는 저녁 강이 웃는다
잊지 말라고 그렇게 웃는다
바람에 실려
어둔 마음 뒤꼍을 돌아
담배를 피워 문 굴뚝이 웃는다
펜촉을 부러뜨린 시인이 벌판에서
외로운 눈빛으로 웃는다
둥지에서 떨어진 새가 반짓고리만하게
따라 웃는다 부끄럽게 웃는다
버드나무 우물에 눈썹 빠뜨린 새벽달도
시퍼렇게 날 세워 웃는다
맨발로 돌아와 보랏빛 잠이 든
아버지의 흐르는 하늘이 차게 웃는다
눈이 빨간 토끼가 웃는다
족제비가 담 밖에서 닭장을 기웃거리며 웃는다
사분의 일 음표씩 쓰러진 풀들이
아무렇게나 웃는다
뻐꾸기 울음 하나 놓아둘 자리 없이
쓸쓸한 목메임 홀로 뉘인 채
바람아 어디론가 떠나는

어느 등성이의 연으로나 헤매이며 웃는다
뿌리 뽑힌 잡돌이 되어
뒤채이는 인생으로 웃는다
수염 없는 사랑을 아파하며
모두들 잊지 말라고 그렇게 웃는다

나도 닭과 같이

엄마는 시를 쓰지 말라고 그러지요.
나는 할 수 없이 햇볕에 나와 웁니다.
옆집 굴뚝 아래에서는 알 못 낳는 닭이
역시 빨간 눈으로 끼루룩거리지요.
나도 파아란 하늘을 치어다보며 끼루룩거려 봅니다.
아 날고 싶어라 날아 볼래요 엄마
자꾸 자꾸 끼루루욱 끼루루우욱 그러지요.

이 하얀 담장을 돌아가면
눈부신 유리창을 가진 이발소가 있어요.
그 루핑 지붕 너머 바람이 쓸쓸히 붑니다.
톱밥난로 굴뚝에서는 따뜻한 연기가
바람 따라 먼 곳으로 멀리 멀리 외출하지요.
눈 덮인 겨울산
갑자기 누군가가 그리워 못견뎌져요.
마른 마음 빨갛게 불살라버리고
홀홀이 날아갑니다.
친구가 하나 있으면 좋겠다고 생각하며 날아갑니다.
어디에고 마을은 있고 불빛도 깜박이는데.

어느 봄날 거지가 다 된 아들 녀석이 돌아옵니다.
엄마 난 춥지 않아요.
헐렁한 바지와 찢어진 소맷자락을 내보이며
춥지 않게 사는 법도 배웠다니까요.
그래 이 자식아 춥지야 않겠지 꼴보기가 싫어 그렇지.
할 수 없이 나는 뒷곁 햇볕에 나와 울다가
힐끗 옆집 굴뚝 아래를 바라보지요.

노오란 개나리꽃 흐드러지게 핀 그곳 비인 자리에
때묻은 닭털 몇 개가
눈부시게 반짝거리며 널려 있데요.

편지

작업장에서 손바닥을 맞고
감방으로 돌아온 날이면 편지를 씁니다.
엄마, 들창코 간수 녀석이
결코 제가 미워서 그런 건 아니래요.
심심하니까 뭐 그런다나요?
이곳에선 누구든 심심하니까요.

옆에 녀석이 방금 설사가 나서
변기통을 깔고 앉아서는
갈매기 이야기를 하고 있어요.
쌍고동과 설사와 갈매기
힛힛, 만약 내가 설사가 난다면
미나리 얘기를 할 텐데.
알지요? 미나리 미나리.

며칠 내로 햇빛 볼 무당 아들 녀석은
두부 뒤집어 쓰고 춤출 일이 걱정이랍니다.
해골은 나가면 한탕 더 치라고 얼르지요.
별이 일곱 개면 그게 어디니?
서양말로 그거야 럭키 세븐, 북두칠성이거든요.

그러나 마음은 그렇지 못하지요.
손바닥 맞는 심심풀이보다는
바깥은 그래도 덜 심심할 테니까요.

길

가다 가다 가니까 목메이는 건
길목에 쓰러진 풀들의 내음이요
엎어져 피 흐르는 무릎 정강이
가다 가다 가니까 외로워지는 건
한 마리 귀뚜리 울음 밟힌 자국이요
뒤돌아 보진 말아야지 하면서
가다 가다 가니까 니 말 그리워
흐르는 구름 청청히 보내는
소낙빗줄기

3부

들불 1

그대 마음에 들불 인다.
마른 육신을 사르고
때묻지 않은 짐승을 몰고 온다.
거대한 산맥을 숨쉬며
이 땅 위에.

젊은 사자死者들의 가슴팍을 헤치고
그대 마음에 빨간 불씨를 남긴다.
진정한 모습으로 살아서
돌아오진 못한다.

누군가 캄캄하게 죽어가는
저 모든 숨어 있는 것들 속에서
빛남으로 태어나는
새까맣게 타버린 정신 속에서
마지막 울고 간 사람들
알고 눈뜨기 위하여

결코 억울치 않게 두 손을 모으며 눕는다.
아는가 뼈만 남은 겨울 강

이제는 흐를 것이 없다.
튼튼한 근육으로 산맥을 세우고
저들이 흘린 땀으로 흐르게 하던
그 입맞춤의 강
언제나 한몸으로 서서 빛나는 강
발갛게 얼굴 밝히고
그대여 또다시 꿈꾸는구나.

돌아오면 숯덩이처럼 타버린 그대
먹은 것 없이 살을 부비고
끝끝내 어둠과 대결하면서
깊은 생명의 울음으로 쓰러진다.
그리하여
쓰라린 목숨 위에 불티가 튄다.
가득히 몰려오는 들불

야성의 피가
모든 있는 자와 없는 자를 일깨워주고
엎드려 뉘우치도록
세상의 먼 끝을 잡아 흔든다.

무얼까
생생한 상처로 겨눈
벌판으로 가서
늑대의 이빨이 되어 물어 뜯는 것은.
저들은 맨발인 몸으로 힘을 느낀다.

서로의 귀를 세우고
지나가는 바람의 발자국들이
갈대의 몸 위로
확확 불길을 끼얹고
오직 그대 마음의 들불이게 하면서
닝닝한 세월의
저 흰 뼈만 남은 강으로 뛰어간다.

버들피리 불 날
마른 육신을 사르고
때묻지 않은 짐승을 몰고올 때.

들불 2

벌판에 나가 오줌을 누며 시를 써요
몰래 마른 풀을 뒤적여 불을 놓아요
마음 아파하며 비가 오기를 기다려요
세상엔 너무 버릴 것이 많아 탈이에요
누가 올 것만 같아요
괜스레 죄도 있을 것 같구요
문둥이 손톱 밑 한 방울 피라도 갖고 싶어요
살아온 것이 죄라면 억울해요
땅이 미치게 그리워 매를 맞았어요
어디선가 바람을 찢는 손이 있어요
자욱이 들판이 짐승처럼 누워요
목이 말라요
강 건너 저쪽 세상을 한참이나 뚫어져라 건너다 보아요
집 잃은 개를 구워 먹으며 이빨을 쑤셔요
그 살들을 잊을 순 없어요
자꾸만 잠이 오는 걸요 피가 돌아요

늑대

어떠한 배경도 이곳을
침범 못한다.
다만 들판이다.
숨지도 못하는 들판이다.
내가 짖을 수 있는 황량한
어둠이다.
아무것도 남지 않고
굶주림만 남는
오오랜 조상의 피가 물든 곳이다.
이곳에서 누구나 한번은
피빛 울음을 뉘우친다.
실로 창백한 저 하얀 달을
물어뜯는 것이다.
밤새도록 내게 맡겨진 싸움
원수를 부르는 싸움
애처로운 그림자를 따라
멀리 멀리 돌아가야 한다.
최후의 들판을 배경으로.

고해 告解

내 마음 그 벌판에 들불 되어 떠나서
찬 몸만 눕는다.
오랜 백정처럼 눕는다.
녹슨 칼 미치게 갈아
매 맞아 억울한 살덩이는 잘라버리고
굵은 흰 뼈만 눕는다.
배고파 참는 법을
저 먼 흰 북 둥둥 치며 살던 조상들이
내게 오직 한번뿐인 피로서
그 진진한 울음 우는 산의 외경으로서
가르치고 믿게 한 것.
결코 잊을 수 없는 사랑으로 모든 눈물도 감싼다.
칼칼한 바람 속에서
내게 전해온 목소리를 듣는다.
내 이제 와서 무엇으로 남느냐고
깨무는 입술마다 눈부시게 부서지는 외론 꿈을
잠재우진 못한다.
어디선가 목메인 피투성이의 한해를
가장 어두운 곳에 가두우고
내가 떠나는 굽은 뒷모습의 발자국을 알아야 한다.

얼마나 더 이렇게 홀로 누워
마음은 또 끝없이 걸어야 하는가를
느끼고 생각하면서
꽁꽁 언 강이 풀릴 때까지
버들잎 한 줌쯤 뿌려질 때까지.

고래

나는 하나의 의지
누구도 침범할 수 없는 힘이다.
누가 나를 부를 이 없고
나는 또 끝없이 가야만 한다.
사랑도 빛나는 꿈도
나에겐 오직 헛된 것뿐
바다의 그 끝없음만이 나를 건진다.
말할 수 없는 고독이
나의 피가 되고 굳은 살이 되고
아무쪼록 나는
이 푸른 절망의 화신이다.
바다를 밀어붙이는 나의 의지는
숨 가쁜 바다의 분노를 낳는다.
외로운 피를 낳는다.
나를 살해하려는 어떤 것도
내 살의 용기는 용서하지 않는다.
오직 처절한 피투성이 싸움뿐
이 바다에선
오래도록 나는 죽음이었고
이미 떠나버린 공허였다.

나는 바다를 숨쉬고 또 영원히
끝없음의 여로를 가야만 한다.

개울

울고 있던 아이도 보였다.
한 마리 도마뱀이 달아나는
개울가에서
내가 쓰다버린 피묻은 칼이
놓여 있는 대낮에
가냘픈 꿈도 버린 아이의 왼손은
희게 번쩍였다.
드디어 만나는 참다운
빛의 살해를
나는 알 수 없었다.
흰 자갈빛도 빛나는 것은 아니었다.
잃어버린 가을의 피
아이는 돌아앉아 울고 있었다.

삶

밖에는 비가 내리고
나는 저 알 수 없는
문을 두드렸다.
꺼져가는 불빛도 안타까운 사랑도
홀로 버려둔 채
아아 홀로 버려둔 채
나는 어디론가 가고 있었다.
밤새도록 뒤채이는
이 고단한 삶 때문에
내가 부르고 싶은 깜깜한 바다
누구도 찾을 이 없는
저 끝없는 밤바다에서
나는 어처구니없이
목놓아 울었지만,
그러나 무엇인가 잊을 수는 없었다.
내 이 외로운 피의
처분 때문에.

사냥꾼

낡은 이층 목조가옥 창에서
저 우울한 도시
끊임없이 어디론가 밀려가는 사람들의
발걸음을 보아라.

밤새 쥐떼들 생식의 설레임으로 서걱이던
천정 아래서
빨간 눈으로 햇빛 속을 뛰어나온
젖어 있는 여자들
가랑잎으로 이 사월에 만나서
주머니의 동전 몇 닢을 만지작거리는데
간직할 여편네도 없이
아무 믿음도 없는 자만이
술주정뱅이처럼 걷는다.

누구나 장님이다.
행복을 겨냥하여 메마른 땅 위에
처참히 쓰러질 때까지
누구나 미련한 곰으로
마늘과 쑥은 어리석었어.

빌어먹을 언제까지 밀려가서
끝장을 보는 거냐고 중얼거린다.

아버지 우린 죄 없어요.
가까스로 염치없이 불러보는
근질근질해하는 건달 녀석들도
갑자기 찾아오는 저녁에 서서
쉴 새 없이 불안해하고
누구를 처치할 것인가를 쑥덕인다.
너에겐 네 나름대로 살아가는 방법이 있다고
말하지는 말라.
아아 물어 뜯는 승냥이의 밤.

어디선가 한 방 총소리에
꽃잎처럼 침몰하는 등불들
진정 순수로 남아 외치는 시인은 없다.
누구나 껍데기 시인이고 구걸하는 거렁뱅이
폐허의 빈 건물 위로
떠오르는 달 속에
시인이 허겁 허겁 먹는 마른 빵은

정말 맛있다.

지난 날은 쓸쓸했어
그러나 내일은 행복할 거야
흐흐 내일은 또 오늘이고 지난 날인 걸.
등불들이 하나둘 남기는 맑은 피
사월의 피여
끝없는 그들 가슴에 가득 가득 흘러가렴.
그리고 미쳐서 깨끗한 휘파람이라도
신나게 불어주렴.

상진이

남이야 미국이란 나라가 이이뻐 죽겠어서 떠났다고
하지만
네야 산골 인제의 가난이 시린 뼈가 되어 떠났지.
잡화점 하나 차려놓고 미국 달러 돈을 밤새 헤이면서
저 상남 개울 개 잡아 먹으며 멱 감던 그런 날이 그
리워
개 먹이 통조림도 힐끗힐끗 쳐다보며 쓴웃음도 지
어보겠고
어쨌든 남이야 영어도 괜찮게 하고
그런 대로 미국의 단냄새에 젖어가겠지만
네야 눈치 하나로 그들 마음 다 알아
큰 머리 설레설레 흔들며 엉망진창 사는 법도 알아
가겠지.
워싱톤 후미진 골목
홀로 바람맞는 그대여.

한국인

밤 깊어 석굴암 술집에서
곰새끼처럼
마늘과 쑥을 먹는 한국인은
으레 마늘과 쑥 냄새가 난다지.

길바닥에 오줌을 갈기면서
아이 엠 쏘리.
무섭도록 조국을 사랑하면서
나부껴오는 종말 같은 혁명을 사랑하면서
진정 귀 담아 들을 노래야 없지.

시인들은 모두 굶어 죽고
그러지마
혓바닥은 언제나 미련한 곰이다.
슬픈 탈춤도 추면서
때로는 슬기 있는 사랑으로
미안해 미안해 하면서
그래도 마늘과 쑥을 먹는 한국인은
으레 마늘과 쑥 냄새가 난다지.

잎새

더러운 잎새들
끈적한 잎새들
신음을 내지르고 생살을 부비고
흙의 생식기와 교미한 뿌리
그 목마름으로 젖줄을 빠는
으르렁거림들
구름이 몰려 검게 초록빛이 더욱 검게
날개여
뿌리 없는 모든 짐승들
뾰죽이 털을 세우고 더럽게 깃털을 뽑고
아아아 날카롭게 외치며 뒤튼다.
펄펄 끓는 푸른 피여
붉게 붉게 술잔을 뒤엎고
도돔한 젖무덤만이 여름의 뿔
미치게 흔들며 숨이 막혀
음침한 욕망과 수많은 벌레들에
살을 뜯기는 잎새여

시점視點

나는 보았네.
어떤 내연內緣의 가슴을 열고
소리 없이 긴 다리를
건너고 있는 하늘을.

차갑게 뒤틀리는
내 인종忍從의 씨앗들이
발아할 때,
창窓마다 자줏빛 드레스를
입고 가는 바람의
희미한 흔적을.

어두운 과원에서
나는 보았네.
욕정欲情의 배암들의 빨간
헛바닥에서
싱싱히 열리는 과실果實을.

마침내
그것들은

내 숱한 변증의 잠자리에
눈 맑은 아이가 되어
태어남을
나는 보았네.

진달래 이야기

진달래 먹고 미친 년은
진달래 밭에나 가서 죽어버리고
올 봄 바람 쐰 곳에
사월의 옷 벗은 하늘만 벌벌 떨어.

고무신짝 한 켤레 버려진
옛날 옛적
붉은 댕기 무당만 울어.
나비야
나비야

번쩍이며 칼 간다네
슬픈 문둥이놈
진달래에 취한 계집년 배꼽 위로
달빛처럼 차게 눈 흘기고
이히히히 칼 간다네.

아우욱 까무라쳐서
되돌아오는
풋풋한 산울림이나 받아 먹다가

내버려둬요
진달래 먹고 미친 년
진달래 밭에나 가서 죽어버리는 밤엔
쬐그만 소쩍새 되어
피나게 피나게 울어나 보게.

구운몽 九雲夢
一話. 천정 위의 쥐가 보내드리는 메시지

언젠가 이 집 주인은 엎드려
강물처럼 울더라.
시가 되지 않는다고 붉은 눈으로
어느 희디 흰 작은 파꽃이 되라고
하염없이 밤을 새우더라.
사면에 돋는 눈부신 허망과
자욱한 구름송이와 슬픈 바보를
알기나 하는지
쉿 조용히
무덤마다 유령이 걸어나와
어떻게 소리 없이 주인의 영혼을 갉아먹는지를
눈치도 못채면서
추적이는 빗방울을 안쓰러워 하더라.

사실 이 집도 그의 집이 아닌데
무엇이 못내 그리운지
저 세상 일곱 날 목멘 울음이 끝난 뒤
창문을 통하여 날아온 매미의 죽음을
빈 가슴으로 듣고 있더라.
저녁 무렵 바람 한 점 불려가드라

이렇게 쓰고는 그만이었지.

저 꼬락서니라니.
벽에 흐르는 조각달
이름 모를 발자국
깜깜히 쏠리는 지붕 위의 빗소리
아득한 추억으로부터 누가 그를
거칠게 내밀었는가.

하여튼 이 집 주인은 지금
내
알 것도 같다.
뜻 모를 손금을 물끄러미 들여다보며
운명의 봉숭아 피를 흐르게 하던
그리하여 이 나라 종소리가
한 울림으로 피어나기를 미친 척 고대하는.

그 뭐랬더라 소크라테스가.
(네 꼬락서니를 알라)
이를 갈며 불길하게 말해야겠다.

어쨌든 이 집을 먹어치워야겠어.
쉿 조용히.

주인은 이따금씩 수척한 얼굴을 들고
방문을 바라본다.
유령들이 문설주 틈으로 기웃거리며
자 이제 이 사람을
축축한 그리움과 덧없는 슬픔으로 적셔주기
아주 녹초를 만들기

비록 영혼은 배추잎처럼 싱싱하고
아름답다고는 하나
독 있는 푸른 곰팡이로 피어나게 하기
옷을 벗고 누워 잠들게 하기
—너희들은 그림자가 없나니 대체 누구인가
빌어먹을 이런 곳에 와서
그 무엇이 될 거냐고 묻는다 한들.
행복이란 저 하늘에 있음이 아니라
가난한 자의 마음에 깃드노라 한들.
누구든 황폐한 가슴에 사슴뿔을 키우고

억센 손으로 그 사슴뿔을 잘라

달게 피를 마셨으나

사슴은 울면서 맑게 갠 하늘을 쳐다보았다.

사랑하는 사람들 꽃살에 묻은 저녁 이슬이 되라고

산 넘어 날아간 자유로운 새여

그의 넋이여

네 가여운 뿔에 입을 맞추던 이들

그토록 아름답던 영혼의 핏방울이

부질없는 사랑인가.

피묻은 쇠톱이 햇빛을 머금는 울타리 곁에서

내 똑똑히 젖은 눈망울로 바라보긴 했었다.

우리들은 동화를 잃어버렸다.

정든 땅 버려두고

소주 먹고 잠든 이여

들녘 가득히 쥐불 놓아 붉어진 얼굴이어

옛날 옛날 하얀 달밤이었다.

마당엔 아이가 죽어 있었다.

반질반질한 살결을 탐욕스레 핥으며 달빛은 미처

있었다.
　땀에 젖어 푸르게 푸르게 불타고 있었다.

　짐승이 울고 산이 깊이 앓고 있는 어느 날
　우린 모두 강으로 간다.
　붉은 댕기 외로운 몸으로 간다.
　바람 맞으러 강으로 간다.

　손금 속에 고요히 뜨는 강물아
　나는 함부로 살아왔다.
　내 머리 푼 혼을 짚어줄
　스님 한 분 오시지 않고
　무엇으로 슬프디 슬픈 칼을 밤새워 가는지
　이빨이 시려 이빨이 시려
　한 작은 벌레 울음으로나 묻혀 잠들 것을
　오 나는 하염없네
　눈물처럼 하염없네

　쉿 조용히.
　그가

홀로 잠이 깨어 물을 마신다.
유행가가 듣고 싶어
아편꽃 한 송이를 꺾는다.
석탄 파러 간 형님은 몇 날 몇 밤을
오지 않는다.
어디선가 둥둥 북소리 울리고
어디선가 잠을 설치는
눈 덮인 겨울산의 울음 소리 들린다.
물레여 물레여
어느 실실한 바람 끝으로 떠가서
마지막 무슨
피터진 꽃으로나 피어나느냐.

가수가 되겠다고 떠난 나의 누이는
정말 가수가 되어 있겠지
눈 먼 어머니는 귀도 먹어 들을 수야 없지만
내 누이
그리운 목청으로 이 땅을 노래하리라고
내게 전해주던 말씀
얘야 저 앞강 하얗게 비늘지던

네 사랑하는 누이의 목청을 아직도 듣느냐
그러나 어머니
어둡고 비린내 나는 골목 벽에 기대어
나는 누이가 보고 싶어 울었어요
―진흙 속에 핀 저 연꽃은 곱기도 하네 세상이 흐려
도 저 살 탓이지[*1]
그건 분명 내 누이의 목쉰 가락이었어요
내 누이는 억센 잡초가 되어 있었어요

어디서 들려오는 한 많은 피릿소리
마음은 마음을 믿는
말도 소리도 없는 하얀 모래밭으로
당나귀를 끌고가는 도둑의 발자국
발자국에 고인 달빛마저도
그대의 맑은 피였네 목숨이었네

우리는 우리의 살점을 뜯어가는 눈보라를
잊지 못한다.
수많은 늑대가 혀를 물고 죽어가는
진정한 욕망의 눈보라를 잊지 못한다.

사납게 울어대는 광하狂河의 밤에
우리는 우리의 귀가 듣는 소리를 잊지 못한다.

쉿 조용히
어쨌든 이 집을 먹어치워야겠다.
이 집이 누구의 집이든 내 상관할 바는 아니지.
빗장을 잠그고
귀를 막고
누구도 손을 주지 않는 저마다의
쓸모없는 자유를 내 상관할 바는 아니지.
주인은 포로이고 나는 감시병.
왕성한 식욕과 자라는 이빨로서
분명히 나는
주인의 저 우울한 영혼을 갉아대고야 말 테다.
보라빛 수련이 잠드는 연못가
엎질러진 하늘 빛깔들을 물끄러미 들여다보는
주인의 그림자
기적처럼 떠나는 그리움의 뿌리여
한번쯤 이 나라 종소리를 듣고 싶어하는 이들이여
아름답게 기지개를 켜고

지느러미 몇 개로도 이 세상을 뜰 수 있는지를
마음 아파하며 기다려 보라.
누가 구름이라 하는가.
어느 날의 헛된 꿈이라 하는가.
호롱꽃으로 불 밝히던 추억
오오 가슴에 남아 여울지던 눈물겨움이어
그리운 이의 얼굴이 메아리처럼 울려
떠오른다.
이제야 알 것 같다.
갈대의 흔들림과 갈대의 소리를 알 것 같다.
거꾸로 박힌 또 다른 모습으로
진정한 자유가 무엇인지를 이제야 알 것 같다.

깨어나라.
당신은 중국의 어느 나라 왕이신지요.
꼿꼿한 수염 하나로 불야성不夜城을 지키는
가난한 나라의 왕이신지요.
십 리 밖에서 목이 메이는
진눈깨비
들불처럼 흰 옷 입은 사람들이 목마르게 부르는 소리

이제야 그리운 북으로 모여 울던
가슴털 무성한 야만의 마을에서
당신은 지엄한 어느 나라 왕이신지요.

짐은 이 나라의 권세와 영광이로다
짐은 곧 땅이니라
바보들 너희는 내 땅을 밟고
내 입김으로 생명을 얻었거늘
짐을 모독하는 그 어떤 것도 짐은 결코
주저치 않겠노라
너희들은 다만 검은 하늘의 번개를 보라
그것이 바로 짐이노라
믿음만이 너희에게 맡겨진 유일한 생일지니
비방말지어다
너희가 네 이웃을 사랑함같이
이 땅의 모든
짐의 소유를 사랑하라

우울한 몽상가인 주인이어
한마당 깊은 울음으로 소리내어볼 거나.

쓸쓸히 가랑비 오고
모두들 젖은 짚단 한 묶음 지펴 놓고
시푸른 연기로 뿔뿔이 솟아올라
들녘 자욱히
요요寥寥한 망나니의 칼빛에 스며들어볼 거나.
봉숭아 이파리가 말없이 지고 또 지고
풀벌레 저마다 가슴이 메이는
그날
순결한 까마귀밥 뿌려
누구든 맨발이었지 않은가.

어쩔려고 예꺼정 와서
붉은 울음 넋 되어 목놓아 가나

이보시오 바람 따라 가는 님
소맷부리에 쏟아지는 징소리여

홀린 듯 홀린 듯 찬술 한 잔에 몸 녹이고
해우챈 없더라도 한번 신명 지펴

잘된 대로 차조 갈고 못된 대로 메조 갈아*2
웅박 캥캥 징이나 놀까 보아

얼굴 없는 패거리들 구름처럼 떠다녀서
얼쑤얼쑤 그리움 하나로 춤출까 보아

흠흠흠 세상살이 훔쳐듣던 외진 놀이판
뿌리 없이 산 넘어 산 넘어

훠어이 훠어이 반겨줄 무엇이 목메이는지
오늘도 진사겁塵沙劫 불길로 가는구나

쿵더쿵 쿵더쿵 탈 벗어라
하늘 부끄러 비쳐진 참 내 얼굴

마지막 이 마당 한 소리 되어
해맑게 해맑게 맥貊의 숨결로

엑끼 이놈이 큰 도적놈이구나*3
구경꾼들 오시오 깨끼춤 도적놈들을 예 와보시오

소름끼치도록 우린 누구를 저주해 보았던가.
날은 저물어 먼 데 청운사淸雲寺 종소리 마음에 닿아
고요히 잿불로 사위어가던 님이어
저마다 흰 띠를 이마에 질끈 두르고 와서
떨리는 목소리로 오래도록 부르지 않았던가.
그냥 형제들의 얼굴을 걱정하며
부르지 않았던가.
뻐꾸기 울고 안개꽃이 하얗게 피어오르고
달이 뜬다.
흐르는 강물은 소리없이 흐르게 하라.
깨끗이 씻긴 빛나는 돌맹이 하나라도 못내 그리웁다.
성냥을 그어대면서 반딧불처럼 떠나는
부끄러운 사랑니 하나 속절없구나.

쉿 쉬잇
무언가 수상쩍다.
야옹 졸음에 겨운 주인의 몽롱한 꿈속에서
살프시 떠오르는 들고양이
주인의 보랏빛 잠은 더욱 깊어가고
저 하늘 고즈넉히 떠서 붙박인 까막새 한 마리

푸른 넋 되어
황폐한 가슴만 미어지는데

어서 어서 이 집을 먹어치워야겠다.

주인의 방 한구석 거울이
소리 없이 금이 간다.
주인과 불빛과 사랑이 찢기며
죽은 매미가 울기 시작한다.
칠 년의 기다림과 일곱 날의 생이
떠나는 만가輓歌여

어깨를 부딪고 중얼거리며
쿵쿵 땅 밑에서 형님이 걸어온다.
형편없이 망가진 가슴뼈가
기분 나쁘도록 휘파람을 불어제끼며
살고 싶다, 라고 걸어온다.
반짝!
천정 어두운 저편
두 알의 파아란 보석이 살의의 빛을 뿜는다.

앗, 이제 다 끝났다.
서서히 지붕이 무너지고
야아옹, 목덜미에 뜨겁게 흐르는 피와 탐욕과
누군가를 부르는 애처로운
매미의 울음에 묻혀
나는
어느 먼 깨끗한 나라
싱싱한 칼날의 그리움을 생각한다.

*1 정선 아리랑.
*2, 3 양주별산대.

그리움의 시학詩學
― 최돈선의 시세계

홍신선/ 시인

   우리의 익혀온 버릇대로라면, 시는 쓰는 이의 감정을 결곱게 담은 것이 된다. 둘레의 자잘한 사물에서부터 삶의 극적인 체험에 이르기까지 나름대로의 느낌이나 감정을 잘 드러내고 이야기해주는 것이 시라는 것이다. 그 느낌이나 감정은, 촉발하는 대상을 구별짓고 따져서 일어나고 나타나는 것이 아닌, 구별짓지 않고 따지지 않는 가운데 곧 일체의 모든 것으로부터 온다. 어느 것이든 우리의 느낌을 촉발시켜 준다는 뜻에서는 같은 차원, 같은 둘레 안에 놓여 있는 것이다. 말하자면 같은 차원에서 모든 것이 서로 넘나들고 있는 것이다(흔히 말하는, 의인적인 세계관이라 할 수 있다). 그러나 넘나들고 있으되, 불러일으키는 느낌이나 감정은 사람과 때와 곳에 따라 달라진다. 그것은 둘레의 사물을 추상화시킨

개념으로 이해하고 그로부터 느낌이나 감정을 만들어내지 않기 때문이다. 때와 곳에 따라 느낌을 촉발 당하는 자아(사람)는 사물을 구체적으로 이해하고 겪는 것이다. 사물을 구체적으로 이해하고 겪기 때문에 그것을 담는 시는 언제나 다른 얼굴, 다른 모습을 할 수 있다.

이같이 여러 사물로부터 불러일으킨 느낌이나 감정을 담은 시, 우리는 그 시를 서정적이라는 말로 잘 부른다. 그리고 진보에 대한 끝없는 믿음과 낙관론을 바탕으로 한, 당위를 말하는 시들이 가득한 시절에 서정적인 시는 제값을 다 대접받기 어려운 법이다. 최돈선의 시 쉰세 편을 읽고난 뒤 나에게 먼저 온 생각은 제값을 대접받기 어려운 시, 서정적인 면이 두드러진 시를 그가 고집스레 붙잡고 만들어, 시집을 엮는다는 생각이었다. 읽다보면 「상진이」와 같은, 낯선 이국에서의 화합할 수 없는 삶을 고통스럽게 말하는 시도 읽히지만, 대체로는 결 곱게 자기의 느낌과 감정을 드러냈다는 점에 읽는 이의 의견이 모아지는 것이다. 물론 그의 느낌과 감정 저 뒤에는 삶의 여러 가지 어려움이 엿보이나, 그것은 선명하고 직접적인 진술로 토로된 것이 아니다.

서정적인 시의 거지반이 그렇듯이 최돈선의 시도 삶의 어려움을 직접 말하기보다는 그 어려움에서 빚어진 느낌과 감정을 먼저 앞에 놓아, 우리로 하여금 그것을 통하여 어려움을 상상하고 이해하게 만드는 것이다. 구체적인 현실이나 그 현실의 산 경험을 곧바로 보여주려는 오늘날 민중시의 시각에서 본다면 이같은 태도는 어딘가 갑갑한 느낌을 자아내는 것도 사실이다. 그러나 그 갑갑함은 시원한 것만 모든 시들이 찾고 있는 획일적인 사태를 간접적으로 비판하는 것이다. 그 비판은, 시원한 것들 속에 갑갑한 것도 분명 있을 수 있으며 또 값지다는 불온한 비판이다. 무개성의 공간 속에서는 개성 자체가 미덕이 되듯이 서정적인 목소리는 똑같은 고양된 목소리들 속에 늠름히 끼어서 더 깊은 울림을 자아낼 수 있는 것이다.

> 이제야 잠든 풀잎으로 그리워한다 친구여
> 모래 속에 묻어둔 잊혀진 이름들은
> 젖은 밤 강바람에 불려 반딧불 반딧불로 떠오르나니

이처럼 어두운 강가에 섰을 때 끊임없이 떠오르는 반딧불을 보며 우리는 오래 잊었던 이름들을 기억해낸다. 그 이름들은 기억으로서, 그것도 잊혀진 기억으로서나 존재하며 잠든 풀잎으로 인식된다. 그러나 그 이름의 주인공은 어느 때인가 자기 경험의 테두리 깊숙이 들어와 함께 삶을 나누었던 존재이며, 그렇기 때문에 기억과 함께 그립다는, 그에 대한 감정이, 심리의 흐름이 인다. 그리움은 지금 이곳의 없는 것에 대한 가까이 가려는 지향의 감정이다. 그 감정은 따라서 그 자체 안에, 결손된 사실에 대한 아픔을 안고 있는 감정이다.

최돈선의 시를 읽다보면, 그리움의 시학이라고 불러도 좋을 만큼, 이와 같은 그리움이 곳곳에 배어 있음을 알게 된다.

그 그리움은 잊혀진 친구에 대한 것이기도 하고 때로는 어린 시절의 꿈에 대한 것이기도 하다. 이 다양한 그리움의 대상은, 바꾸어 말하자면, 그의 생을 만들어온 여러 가지 요소이다. 한 사람의, 그것도 한 시인의 생을 만들어온 요소란 어느 한가지로 못박아 말할 수 없을 만큼 다양한 것이다.

최돈선의 경우는, 우선 시의 제목들만 훑어보아도 쉽게 알 수 있는데, 친구, 엽서, 종, 허수애비, 겨울 햇볕, 여름 뜨락, 철쭉꽃, 호드기 등 둘레의 아주 자잘한 사상事象들이 그 주된 요소를 이루고 있다. 자잘한 사상들이 주를 이루고 있다는 사실은 최돈선의 감성이 여리고 섬세하다는 뜻에 다름아닐 것이다. 또한 체험영역으로 볼 때에도, 그의 체험의 상당수는 유소년시절 친화의 대상이었던 따뜻하고 가까웠던 것들에 머물고 있다. 그리움이란 느낌이나 감정은 그 대상이 지금 이곳에 없다는 데에서 촉발되고 있으며 그만큼 대상은 다양할 수밖에 없는 것이다. 따라서 그의 그리움은 어떤 한 특정의 대상에 대한 끈질긴 그리움이 아니다. 우리 전래의 시에서 보이듯 '님'이나 '초월의 존재'에 대한 끈질기고 움직일 수 없는 그리움과는 다른 것이다. 말하자면, 형이상의 그리움과는 바탕을 달리하는 것이다.

결국 서정적이라는 에피세트를, 최돈선이 원하든 원하지 않든 달게 되는 것도 여러 자잘한 둘레의 사상들로부터 촉발되는 정서적 반응, 특히 그리움의 감정을 담고 있다는 데에 그 까닭이 있다. 또 그런가하면 그리움은 그로 하여금 어디든 떠돌고 싶다는 표박의 감정으로 치닫게 만들기도 한다.

이 경우 그리움은 바람이 되기도 한다. 곧,

　　램프와 그리운 바람이
　　인생을 덮

　기도 하고 "강남江南으로 가서 나그네야 그리운 피를 부르기"도 하는 것이다. 그리움과 바람에 의한 떠돌음은, 여기저기, 특히 물이 있는 공간(그가 있는 곳은 물의 도시 춘천春川이다)을 헤매이게 만든다. 어떤 곳에 붙박여 눌러 있을 수 없다는 이 감정은, 자기가 보호받을 곳이 아무 곳에도 없다는 현실에 대한 비극적인 생각을 통한 것이기보다는, 여러 사상들에 의해 촉발되는 대상의 결손에 의한 감정이다. 그 대상은 주로 친구나 사랑하는 이이기도 하면서 떠가는 구름이기도 하다.

　　구름 잡으러
　　길 떠난

　　파아란

　　동승童僧의 길

　구름과 동승의 뜻이 맞물리며 빚어내는 울림이 묘한 이런 시귀에서 보듯, 그를 둘러싼 이웃이나, 사람들은 끊임없이 떠나거나 변하는 것들이다. 그런 뜻에서, 다소 추상적인 설명이 될지 모르나 그리움이란 감정 속에는 떠나지 않는 것, 변하지 않는 것 등에 대한 지향의 심리가 숨어 있다. 이 심리가 그의 시들 깊숙이 자리잡고 있는 두항대립의 틀을 마련해 주고 있다. 곧 떠난 것과 떠나지 않는 것, 변한 것과 변하지 않는 것 등의 대립구조가 그것이다.

여기서 한가지 더 지적할 수 있는 것은 이미지 유추방법이다. 최돈선의 이미지들은 아주 다른 것들이 유추되어 만나면서 동질화된다. 앞에서 말한, 의인적 세계관을 바탕으로 모든 것이 동일선, 동질의 맥락에서 만나는 것이다. 예컨대 사랑하는 사람이 비가 되기도 하고 물비늘로 여울이 지기도(울림)하며 철쭉꽃에서 환장한 애비나 죽은 딸년들을 유추해내는 것 등이 그것이다. 이같은 유추방법은 그의 시에 아름다운 꾸밈의 효과를 빚어오기도 하지만 더러는 지나친 미문의식美文意識에 나아가게 하는 것이 아닌가도 싶다.

아무튼 그가 물가를 중심으로 떠도는 곳, 더러는 "어디든 가고 싶구나"(「샘밭」)라고 막연한 생각에 사로잡혀 있지만, 그 공간의 구체적인 지명은 내촌강乃村江이다.

① 내촌강乃村江 호드기 불고
　　한 줌쯤
　　세상살이 훔쳐보는 재미

② 뉘라서 들어보랴

물 먹은 호드기 소리

　이끌어 쓴 ①은 「호드기」의 일부이고 ②는 「내촌강乃村江」
의 일부이다. 이끌어 쓴 두 작품에서 보듯 내촌강乃村江 공간
에서 그에게 깊이 울리고 있는 것은 호드기 소리이다. 이 호
드기 소리에는 여러 가지 체험이 묻어 있고 그 체험들로 하
여금 되풀이 일깨워지게 한다. 칼 맞은 무당년의 기억이나
철쭉꽃에 얽힌 전설, 떠나간 사람들에 대한 생각 등이 그것
이다. 말하자면 호드기 소리에 묻은 체험은 모두 고통이나
아픔이 담긴 체험들인 것이다. 이같은 체험들은 견디기 어려
운 흔적으로 남아서 도지고 있으나 호드기 소리로 가라앉혀
지고 또 이겨내게 된다. 호드기 소리는, 추상화된 소리들의
되풀이 반복이란 틀을 통하여, 고통 또는 아픔을 가라앉히는
것이다. 물론 이같은 고통의 극복이 근원적인 것일 수는 없
다. 잠시 구체적인 것들을 사상시킨, 추상의 세계 속으로 마
음을 이끌어 들어감으로써 그 고통을 잊게 하기 때문이다.
이같은 음악의 위안적인 요소에 치중한 고통의 해결은,

　　이듬해 뿜바 뿜바 각설이 타령이나 구성지게 뽑아서
　　댕기 달고 피리 부는 세월

　를 불게도 한다. 또 "피리 불며 사는"(「강남南道」) 일이나
"버들개지 휘어 꺾어"(「문둥이의 봄」) 부는 경우도 이와 다르
지 않다. 고통이나 아픔을 맞닥뜨려 해결하기보다는 피리 불

105

기나 호드기 불기로 다스리고 가라앉히려는 태도는 홀로 외롭다는 생각을 갖게 한다. 밖으로부터 오는 고통을 맞받지 못하고 피한 다음 남은 길은 자아의 내면세계로 돌아가 잠기는 길뿐이기 때문이다. 또한 자아의 바깥일에 대하여는 쉽게 결론을 만들도록 하기도 한다("인생은 마침내 독한 풀잎에 돋는 한 방울 이슬인 것"이란 말이 그 예이다). 자아의 내면세계 모습이나 정서를 드러내는 이같은 국면은 인생을 서정적으로 만드는 일이기도 하다.

호드기 소리의 울림이 가득한 내촌강乃村江의 공간은 이제 미루나무 강변이나, 춘천호春川湖, 하얀 비늘의 강으로 옮겨지나, 역시 앞에서 이야기한, 결손된 대상에 대한 그리움이란 정서의 드러냄은 크게 변하지 않는다.

자아의 바깥과 맞닥뜨리지 않고 돌아온, 내면만의 자아가, 어떤 인간의 모습에 유추되고 견주어진다면, 최돈선의 경우 그것은 문둥이다. 최돈선의 문둥이는 이즈러진 육신을 지닌 존재이자 둘레의 세계나 현실로부터 벗어나 숨어 있는 존재이다. 그는 외톨박이로 이웃사람들이나 역사적 현실로부터 벗어나 존재한다. 곧 자갈밭에서 남 몰래 울고 있는 문둥이인 것이다. 그런 의미에서 서정주徐廷柱 초기시의 문둥이와는 다른 모습을 보여주고 있다. 해와 하늘빛이 서러워 꽃처럼 붉은 울음을 밤새 우는 서정주의 문둥이는 정신과 육신 사이에 찢긴, 그 수습할 수 없는 두 세계를 살면서, 그 세계를 생명현실로 삼고 살아가는 문둥이이다. 그러나 최돈선의 문둥이는,

자꾸 뒤가 켕겨 돌아보는

　내가 걸어온 없는 길

　을 가는 문둥이다. 걸어왔으되, "없는 길"이란 말이 울려
주는 울림에 의하면 그 문둥이는 과거에 아무것도 남겨 지니
지 못한 자이며, 그래서 그의 과거는 켕길 수밖에 없는 문둥
이이다. 또 혼자 외톨이가 되어서 버들개지로 만든 내촌강乃
村江 호드기를 불면서 그의 고통이나 아픔을 다스리기도 한
다. 없어진 눈썹을 헹구거나 검은 돌에 살 부비는, 물러 빠진
손가락을 슬프게 버리기도 한다. 잃은 것 투성이의 그는 결
손된 존재로서는 완벽한 존재이기도 하다. 이같은 견디기 힘
든 고통이나 아픔을 그는 호드기를 불면서 가라앉히고 다스
린다.

　그런데 호드기를 부는 표현 행위에는, 모든 구체적인 일,
아픔들을 순수 추상으로 바꾸어 드러낸다는 뜻이 담긴다. 마
찬가지로 호드기 소리를 듣는 수용행위에도, 순수 추상의 틀
로 고통이나 아픔을 바꾸어 버린다는 위안이 감추어져 있다.
따라서 순수 추상이라는 틀에 모든 것을 거두어 담으려는 행
위가 고통을 이기는 길로 제시되어 있다. 그런데 호드기 부
는 일은, 다음과 같은 작품에서는, 시를 쓰는 일에 이어진다.

　이 세상 시인이 많긴 많다기에

　문둥아 니도 시인해라 했더니

　억수 말이, 하루종일 생선이나 실컷 구워 먹었으면

시인 아니라 해도 괜찮다더라

물러빠진 손톱이나 구워 먹지 않으면 그게 괜찮지 않냐고

없어진 눈썹 씻으며 물살만 괜스레 헹구고 있더라

이제는 하나같이 목이 메어 물산만 헹구고 싶다더라

　세밀한 설명이 구태여 필요치 않은 작품이긴 하나, 우리는
시 쓰는 일과 먹는 일과 물살 헹구는 일이 은밀하게 나란히
놓여 있음을 주목할 필요가 있다. 이 세 가지 일은 서로 나란
히 놓여 있음으로해서 그 나름의 뜻을 만들어내고 있는 것이
다. 시의 이야기꾼에 의하면, 시 쓰는 일보다는 먹는 일이 더
낫다(?)고 한 차례 이야기 된다. 이 이야기는 초월의 가치도
좋지만 세속의 가치도 더 절실하다는 뜻이면서 그 가치의 충
족이 잘 이루어지지 않았음도 암시한다. 먹는 일이 만족스레
이루어지지 않은 배고픔에 대한 이야기인 것이다("아 그때인
가/ 배고파"와 같은, 가난에 대한 이야기도 꽤 발견된다).
　그러나 다음 차례에 가면, 먹는 일이 잘 이루어졌다 하더
라도 물살을 괜스리 헹구는 바와 같은, 단순 행위를 통한 세
속가치의 충족으로도 모든 것이 해결되지 않는 정신의 결손
을 읽게 된다. 그렇다. 물살을 헹구는 일은 괜스런 일이어서
목적을 가진 행위는 아닌 것이다. 그럼에도 정신의 결손은
그 괜스런 일을 통해서밖에는 구원될 수 없는 것이다. 노래,
시, 피리 부는 일(호드기 불기) 등이 시 여러 곳에서 드러나
고 있는 것도 이같은 사정을 밑받쳐주는 일에 다름아니다.
　또한 세 가지 일이 한 자리에 놓였음으로 해서, 괜스런 일

을 통하여 결손을 메꾸려는, 시인됨의 뜻이 무엇인가를 드러낸다. 뿐만 아니라 이 시의 이야기꾼에 의하면 시인이긴 하되 문둥이인 억수는 없어진 눈썹을 씻고 행군다. 잃어진 것을 다시 찾는 일, 그로부터 그리움이 촉발되는 것은 너무나 자연스러운 일일 것이다. 곧 결손 없는 지난 날, 또는 완전한 것에 대한 그리움이 빚어지는 것이다. 이렇게 볼 때 최돈선의 '문둥이'는 둘레로부터 벗어나 홀로 있으면서, 결손된 무엇을 찾는, 그 아픔을 호드기로 다스리는 그런 문둥이이다. 그러기에 최돈선의 문둥이는 질병자란 단순한 뜻에서 넓어져, 자아의 바깥과 절연한 내면세계뿐인 자아의 다른 이름이기도 한 것이다. 또 자아의 바깥과 절연된 것을 또는 그 모습을,

　　까닭도 없이 외로운 가을 꿈이어 참 아름답다

　라고 외치기도 한다. 외로운 것은 아름다운 것이다. 그것이 왜 어떻게 아름다운가는, 그러나 아직 분명한 형태로 최돈선의 시에서 잡히지 않는다.
　자아의 바깥, 역사적 현실에 대한 관심이 높으면 높을수록 내면에 깊이 들어가는 일도 필요하다. 현실과 개인, 전체와 개인, 자아의 바깥과 내면, 이 모두는 우리가 진실이라고 부르는 어떤 것의 총체를 이루는 것이어서 이들 가운데 어느 것만 중요하다고 목소리에 힘을 가하기 어렵다. 바르고 참된 뜻의 참여를 위해서도, 하동훈河東勳의 지적처럼, 키에르케고르의 고뇌가 있어야 하고 또 극복되어야 한다. 그러나 총체

성이 없는 구호나 주의는 단순한 빈 소리거나 한때 흘러가는 유행일 뿐이다. 그래서 앞에 적은 대로 내면의 깊이를 선명하게 보여주는 일은 이미 그 자체로서도 그 같은 유행에 대한 불온한 비판이 된다.

최돈선의 시들은 자아의 내면세계에 들어앉아 둘레의 자잘한 것들로부터 촉발되는 '그리움의 시학'을 이룬다. 거기에 홀로 외로운 정서가 가세한다. 어느 때는 여성적인 섬세함이 결을 이루기도 한다. 그러나 「상진이」, 「편지」, 「구운몽九雲夢」 등의 작품에 나타난 자아의 바깥, 둘레의 현실에 대한 또 다른 관심이 여기에 어떻게 함께 어울리고 조화를 이룰 것인가는 아직 뚜렷하게 대답되어 있지 않다. 그의 앞으로의 시가 나와 같은 독자를 끝없이 괴롭히고 조바심하게 할, 한 원인도 바로 이같은 사실일 것이다.

현대시세계 시인선 083
칠 년의 기다림과 일곱 날의 생

지은이_ 최돈선
펴낸이_ 조현석
기 획_ 백인덕, 고영, 박후기
펴낸곳_ 북인
디자인_ 김왕기

1판 1쇄_ 2017년 12월 29일
출판등록번호_ 313 - 2004 - 000111
주소_ 121 - 842 서울 마포구 서교동 467 - 4, 301호
전화_ 02 - 323 - 7767
팩스_ 02 - 323 - 7845

ISBN 979-11-87413-83-7   03810
ⓒ 최돈선

이 시집은 1984년 12월 15일 영학출판사에서 출간되었으며 33년 만에 재출간합니다.
이 시집은 1984년 이후 바뀐 한글맞춤법과 외래어 표기법에 따랐습니다.